閱讀123

國家圖書館出版品預行編目資料

湖邊故事 / 哲也作；黃士銘繪 . -- 第二版 . --
臺北市：親子天下，2017.09　面；　公分
ISBN 978-986-95047-6-8(平裝)
859.6　　106010218

閱讀 123 系列 —— 008

湖邊故事

作者｜哲也
繪者｜黃士銘

責任編輯｜蔡忠琦、陳毓書
封面設計｜林家蓁
美術設計｜蕭雅慧

天下雜誌群創辦人｜殷允芃
董事長兼執行長｜何琦瑜
兒童產品事業群
副總經理｜林彥傑
總編輯｜林欣靜　主編｜陳毓書
版權主任｜何晨瑋、黃微真

出版者｜親子天下股份有限公司
地址｜台北市 104 建國北路一段 96 號 4 樓
電話｜（02）2509-2800　傳真｜（02）2509-2462
網址｜ www.parenting.com.tw
讀者服務專線｜（02）2662-0332　週一～週五：09:00~17:30
讀者服務傳真｜（02）2662-6048　客服信箱｜ parenting@cw.com.tw
法律顧問｜台英國際商務法律事務所 · 羅明通律師
製版印刷｜中原造像股份有限公司
總經銷｜大和圖書有限公司　電話（02）8990-2588

出版日期｜ 2007 年 10 月第一版第一次印行
2022 年 11 月第二版第五次印行
定價｜ 260 元
書號｜ BKKCD077P
ISBN ｜ 978-986-95047-6-8（平裝）

湖邊故事

文 哲也 圖 黃士銘

目錄

1 再見了！我的家

小男孩達達今天就要搬家，可是他一點也不想離開這裡。

這裡有木頭的地板、木頭門，只要輕輕拉開門縫，就有涼涼的風。

這裡有香香的青草味，這裡有蒲公英，這裡有一座大院子，這裡有水。

這座院子是達達的遊樂園，院子裡有鬆鬆軟軟的泥土，有小小的、光滑的白色鵝卵石，達達偶爾會用紅絲線牽著他的寵物烏龜來「散步」。天氣好的時候，只要把玩具船帶來，把院子裡的水龍頭扭開，這裡就變成他的水上樂園啦！

淅哩哩！他扭開水龍頭。

嘩啦啦！他最後一次蹲在院子裡玩水。

「看看這孩子！」爸爸說：「快走吧，新家等著我們呢。」

行李箱都扛上車了。

「啊，對了，我的烏龜呢？」達達一邊被爸爸拖著走，一邊回頭大叫。

叭！叭！貨車司機在外面猛按喇叭。爸爸皺起眉頭。

「那隻到處亂跑的寶貝龜？過幾天再回來找吧。」

「那萬一牠走丟怎麼辦？」

「你不是在牠脖子上綁了條紅線嗎，就算走出院子，鄰居也都認得的。」

陽光灑在窗玻璃上，男孩貼著車窗，向越來越遠的老房子揮手。

「再見了！我的家。」

「別傻了，」媽媽摸著他的亂髮：「新家更漂亮，很快你就會忘記這個家啦。」

「才不會！」男孩難過得流下眼淚來：「我永遠也不會忘記這裡的。」

不過，他還是忘了一件事——他忘了關水龍頭。

2 幸福的小人兒

淅哩哩……
小小的水龍頭，細細的水流呀流……
水流呀流，裝滿男孩的藍色小水盆，繼續往外流，流過一盆
一盆小盆栽，流過水泥地，流過泥土地，繞過大石頭，淹過小石
頭……

水流呀流，一天又一天，流出一條彎彎曲曲的小河流。

水流呀流，一天又一天，院子地上的水積成了大水池，就像是一座清澈透明的小湖泊。

漸漸的，湖岸上冒出綠芽來。

慢慢的，湖邊長出一片綠綠的小草。

有一天，有人撥開草叢，探出一個小臉蛋兒。

「看哪！我們找到水了！」

「萬歲！萬歲！」

另一張小臉蛋兒探出頭來，紅通通的，興奮得要命。

兩個小人兒擁抱在一起，高興得流下淚來。

然後他們手牽手跑過草原，向湖水衝過去。

「唉唷。」草尖刮傷了紅通通那張小臉蛋的臉頰，畫出一條好看的小血絲。

「沒事吧？」

「沒事。」

他們飛奔到湖邊，把衣服

脫光光，跳進湖裡痛痛快快洗了個澡。

「啊，真快樂呀！」他們游到湖的中央，躺在又白又光滑的鵝卵石上，看著藍色的天空說：「千辛萬苦，終於讓我們找到一座湖了，現在我們可以結婚了！」

原來，他們一個是男生，一個是女生。女生有著紅通通的小臉蛋，臉上有一條好看的血絲。男生有一點點鬍渣，長長的頭髮在頭上綁成一個髮髻。

這兩個小人兒，自從離開家鄉以後，已經流浪了好久好久，久得讓他們幾乎忘記自己是從哪裡來的。只有他們放在岸邊那些摺得好好的衣服，上面的美麗花邊、尖尖的鞋尖，提醒他們，他們的祖先也穿著一樣美麗的衣服。

現在他們躺在白色大石頭上，看著毛茸茸的蒲公英種子，從藍天上飛過，一邊繼續開心的說著話：

「有湖就有水，有水就可以成家，祖先是這樣交代的，對不對？」紅通通臉蛋兒說。

「對呀。你說話聲音真是越聽越好聽呢。」小鬍渣男生說。

「我唱歌也很好聽喔。」

紅通通臉蛋兒對著一望無際的湖面唱起歌來，歌聲就像湖水一樣清澈，就像水上的波紋一樣美麗幽雅：

「從前從前，

有一座湖，

湖水像是我的心，
一波一波送出愛，
拍打岸邊，
沾濕你的鞋尖。

不用掀起漩渦，
我喜歡平靜。
幸福在心裡，
不用再追尋。」

「媽媽教的？」小鬍渣問。

「嗯。」點點頭，她回問：「你爸沒教你唱歌？」

「他只教我蓋房子。」

他們游回岸上，在湖邊選好地點以後，到草原上合力搬來了好幾片木屑，把它們搗爛後加上水，做成一塊塊木磚，晾在太陽下晒乾。夕陽西下前，他們就用木磚砌成了一棟小木屋，有三個小小的房間，漂亮的小門，和漂亮的小窗戶。

木屋隔壁，還搭了一間小倉庫。

小鬍渣從倉庫裡扛出四、五顆野花的種子。「好重好重……」他搖搖晃晃把種子抱到廚房裡，累得他氣喘吁吁。

「這應該夠我們吃了！」他自豪的說：「這附近草原上還有許多種子呢！」

「有水有食物，又有這麼好的房子！」紅通通臉蛋兒說，淚水在眼眶裡打轉：「我實在太幸福了。」

天黑以後，他們就在壁爐生起火來，把種子架在爐上烤得香噴噴的。

「嗯，香香脆脆的，好好吃喔。」

「嗯，真好吃。」

搖曳的火光把他們倆的小臉蛋都烤得紅通通的，也透過漂亮的小窗戶，發出溫暖的橘子色光芒。

3 哇！湖神

幸福的日子一天一天的過去了。

湖邊的小夫妻倆，白天在草原上採收種子、花粉；空閒的時候，就在湖裡游泳，趴在鵝卵石上唱歌。

雨天，他們就待在屋子裡縫補衣服。偶爾，也會用花瓣和葉片編織新衣服，用種子殼製作鞋子，新衣服都有著美麗的花邊，

新鞋子也有著尖尖的鞋尖。

他們一邊工作，一邊輕輕唱起歌來：

「從前從前，

有一座湖……」

日子雖然快樂，美中不足的是，夫妻倆一直沒有小孩。

有一天，他們決定用祖先交代的方法——向神明祈禱。

他們對著湖跪下來說：「湖神啊！請你幫我們一個忙……」

不久，湖神果然出現了！

湖面上浮起一個龐然大物，先是一大片半圓形盔甲冒出水面，接著湖神從盔甲裡探出頭來，牠皺巴巴的脖子越伸越長，脖子上還戴著紅色的項鍊。

湖神半瞇著眼睛，看著小夫妻倆。

「哇！」男生驚嘆著。

「哇！」女生也大叫。

「哇！」湖神也張大嘴巴，不過，牠卻顯得很痛苦的樣子。

「我快呼吸不過來了……請你們幫我一個忙……救救我……

快！」

湖神說了半天，小夫妻倆才了解，原來掛在牠脖子上的不是項鍊，而是一條快把牠勒死的紅繩子。小鬍渣男生鼓起勇氣，掏出腰間的貝殼小刀，爬上牠滑不溜丟的盔甲，踩著牠脖子上的皺紋，把紅繩子割斷。

「呼……」湖神深深吸了一口氣，看起來舒服極了。「謝謝你！這條繩子浸水以後，就縮水了，越縮越緊，要不是遇見你們倆，我就要變成一隻死烏龜了。」

「烏龜？」

「是啊，我是一隻可憐的、被遺忘在院子裡的烏龜。」

「院子？」

「算了，我想你們這些可愛的小人兒是不會懂的。雖然我不曉得你們是打哪兒來的，不過還是很高興遇見你們。」

「那你會保佑我們嘍？」小夫妻倆好高興。

「什麼嘛，我又不是神。」烏龜說。

「不是神？」小夫妻倆為難了，看牠說話的樣子，不像是在騙人。

「那你可以幫忙一下，當我們的神嗎？」女生突然靈機一動說。

「對呀對呀。」小鬍渣男生說，覺得還是女生比較聰明。

「祖先交代我們應該要拜神明，所以我們需要一個神。」

「好吧，誰教你們是我的恩人呢。」烏龜豪爽的答應了。

從此以後，「湖神」就和他們成了好朋友。

「湖神啊，請賜給我們一個小孩吧！」他們常常跪在湖神面前祈禱。

「呵呵呵，好吧！就如你們的願吧！」湖神也演得很逼真。

接著，牠就會和他們一起在湖裡游游泳，然後上岸，分著吃他們烤得香香脆脆的種子。

很快的，夫妻倆果然生了一個孩子。

包括湖神在內，他們都高興得快瘋了，在岸邊生起營火來慶祝。當媽媽的唱著歌，當爸爸的拿出剛釀好的酒給湖神喝，然後圍繞著營火跳舞，火光像是有魔力似的，映照在湖神巨大的盔甲上，閃耀著……閃耀著……接著，喝得醉醺醺的湖神，唱出了下面的怪歌：

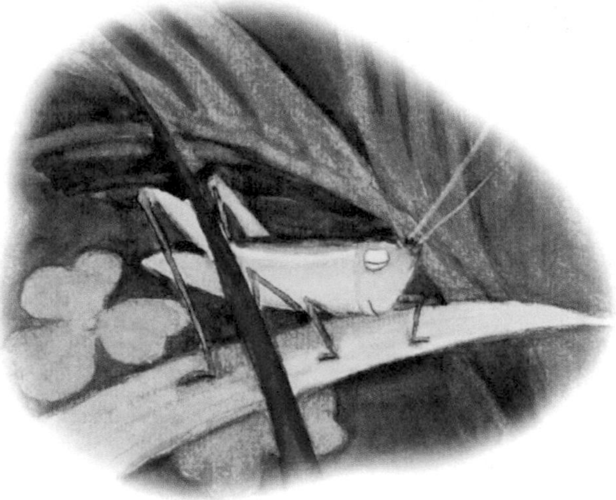

「第一個，天上飛，
第二個，水上走，
第三個，海底游，
第四個，是大頭，
第五個，黑漆漆，
第六個，一身油，
第七個……
唉，第七個，

獨自走。」

四周突然安靜下來。

「七個什麼？」媽媽問。

「我也不知道。」湖神說完就醉倒了。

4 七兄弟

時光像是湖面上的月光，輕輕搖盪著……

不久以後，夫妻倆一共生了七個小孩。

幫七個小孩取名字是個難題。夫妻倆決定採用湖神出的鬼點子，站在岸邊往湖裡丟小石子，依照石子發出來的聲音來取名字。

就這樣，老大叫「噗！」，老二叫「通！」，老三叫「查！」，老四叫「咚！」，老五叫「可！」因為這次丟到石頭上。老六則用石頭飛出去的聲音取名「咻！」，老七的石頭正要丟的時候，沒拿穩，掉在鞋子上，聲音是「達！」

嗯，名字總算取好了。

七個小孩剛開始都很正常，不過，小孩慢慢長大以後，他們發現老四「咚咚」的頭特別大。

「第四個，是大頭。」爸媽想起這句話來。大頭咚咚比其他人都聰明得多，而且，簡直是聰明得過了頭。這個天才咚咚，似乎從小到大，每天都忙著發明各種新鮮玩意兒。

有一天，他做了一個圓圓扁扁的東西，拿在手上玩。

「這是什麼玩意兒？」爸爸好奇的問。

「輪子。」他說。

又過了不久，咚咚把那圓圓的東西裝在腳上。

「這又是什麼？」

「輪鞋。」

咚咚穿著輪鞋在屋子裡溜來溜去，結果頭上撞出一個大包。

從此他的頭變得更大了。

接著他又做了一個沙漏，拿給爸爸看。

「這是做什麼用的？」

「計算時間。」

「我們要計算時間做什麼？」從來不生氣的爸爸，突然莫名奇妙煩躁起來，把那東西扔進湖裡。

雖然爸爸不支持，但是咚咚還是不斷有新發明。隨著他越長越大，他的發明越來越複雜。他畫的設計圖，誰也看不懂，除了老五「可可」以外，因為咚咚會仔細解說給可可聽。

可可最有耐性、手最靈巧，每天負責幫媽媽穿針線。自從咚

咚發明了自動穿線機以後，他就對咚咚佩服得一塌糊塗。

從此以後，只要咚咚有什麼新發明，總是把設計圖交給手巧心細的可可，讓他去組合完成。

於是，可可經常窩在倉庫裡，敲敲打打，弄得一身灰塵和泥土，等到新發明做好了，他也全身烏漆抹黑，髒兮兮。

有一天，爸媽看到可可從倉庫出來，不禁想到湖神的預言：

「第五個，黑漆漆。」

爸爸指著可可推出來的新發明問：「這個又是什麼？」

「蒲公英一號。」可可說。

「做什麼用的？」

「有了這個，我們就可以在天上飛了。」

「蒲公英一號」是一個用花瓣縫成的大傘、青草編成的籃子，和一大堆複雜的裝置組成的。

所有孩子都圍過來，張大眼睛看。

「真的可以飛嗎？」老大噗噗笑著，他膽子最大，什麼新鮮玩意兒都喜歡。

「我才不信呢。」老二通通撇著嘴，他的脾氣不太好。

老三查查很沈默，只是靜靜歪著頭，跟在旁邊走。

「不行不行，還不能飛。」老四大頭咚咚，仔細檢查著。

「還沒完成呢。」老五可可用黑袖子抹著臉，越抹越黑。

「那我可以幫什麼忙？」背後傳來粗聲粗氣的聲音，是老六咻咻，他是個力大無窮的大塊頭。

「你來得正是時候，」咚咚回頭說：「咦，老七呢？」

達達剛剛走過來瞄了一眼，打了個呵欠，就回房睡覺去了。

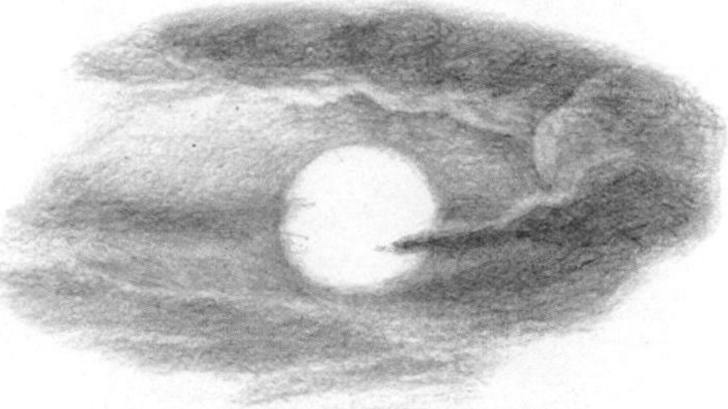

本來安安靜靜的湖邊，現在像是個工廠似的，吵得要命。

大力士咻咻，把種子倒進石臼，用木槌子搗出油來，濺得他一身油膩膩的。

「第六個，一身油。」爸爸蹲在一旁，喃喃說。

乒乒砰砰的聲音，連好脾氣的媽媽都受不了了。

「你們去游游泳不是很好嗎？幹麼把自己弄得這麼忙！」

「媽，因為我們想飛上天去啊！」老大噗噗笑著說，一邊把油舀進木桶。

「不怕摔下來嗎？」媽媽合掌說。

「怕什麼，」老二通通托著下巴，看著濺出的油在湖面泛著光。「反正每天在這湖邊，已經快無聊死了。」

媽媽回頭看爸爸一眼，爸爸聳聳肩。

夜裡，湖神來到岸邊時，爸媽一起跪下來祈禱。

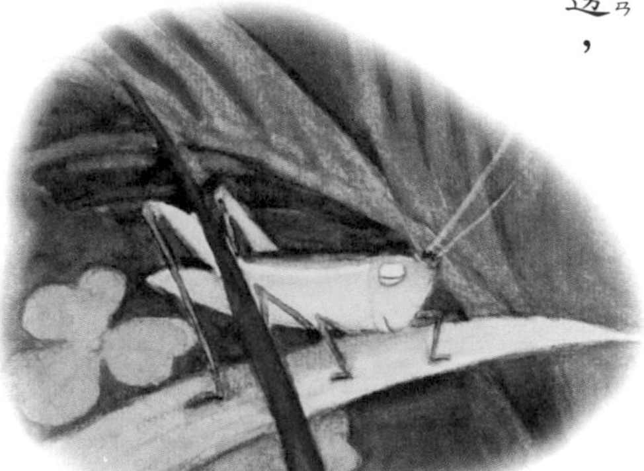

「神啊，請你保佑我的孩子們，可別摔死才好。」爸爸說。

「不過，也別讓他們無聊死。」媽媽補充說。

祈禱完，三個人便一起坐在湖邊聊天。

「唉，真不曉得現在的孩子，心裡在想什麼。」爸爸摸著白鬍子說。

「我們是老了……」媽媽紅通通的臉蛋，現在又皺又蒼白。

「光陰不饒人哪。」湖神也老氣橫秋的說：「你看我多了好多皺紋。」

「你本來就是滿臉皺巴巴。」爸抬眼說：「從我們認識那天起，就是這樣啦。」

笑聲像是月光一般，迴盪在水面上。

臥房裡，老大揉著眼，往窗外看了一眼。「湖神爺爺又來了。」

「哼。」老二翻了個身。「什麼湖神。明天看我們飛上天，換他來拜我們。」

5 蒲公英一號

第二天，是個萬里無雲的好天氣。

湖面上映著藍天，湖邊有著孩子們興高采烈的身影。

咚咚把熱滾滾的油倒進貝殼火爐裡，點起火來，「蒲公英一號」就慢慢膨脹成一個熱氣球。

自告奮勇擔任飛行員的，是膽子最大的老大噗噗。

「操縱的方法，你真的弄懂了嗎？」咚咚擔心的問。

「哈哈！」噗噗拍拍胸脯，笑咪咪的爬進籃子裡。「沒問題！」

「別飛太遠，我可不知道燃料可以燒多久。」

「別擔心……」

噗噗還來不及說完，就已經飄到半空中。

媽媽摀著嘴尖叫起來。

「萬歲！」咚咚跳起來。

「萬歲！」噗噗朝地面揮手，看著底下的小人兒們興奮的擁抱成一團。

「蒲公英一號」越飛越高，最後只剩下一個小點兒，過了好一會兒，小點兒才越變越大，慢慢降落。

「嘩！」噗噗站在籃子裡，眼睛張得像銅鈴，向大家宣布他的偉大發現：「遠方有一頭龍，吐出一座大瀑布！這湖裡的水就是從那個瀑布流過來的。」

大家雖然都不相信，可是還是很高興，慶祝了好久。

接下來的日子，湖邊就更熱鬧了。

因為咚咚的新發明日新月異。

飛上天以後，沒幾天，他又拎著一副大面具，帶著老三查查來到水最深的湖岸邊。

「這一回，又要做什麼傻事了。」媽媽拄著枴杖，不放心的跟在看熱鬧的兄弟們身後。

查查平常話很少，但是游泳技術最好，結果戴上面具，跳進湖裡，人卻直直沉進湖底，不見了。過了好久，一直到岸上的媽媽急得都快哭出來的時候，他才浮出水面來。

「這叫潛水面罩。」咚咚得意洋洋宣布。「查查，感覺怎麼樣？」

「湖底有東西。」查查只簡單這樣說。

「什麼東西？」

「怪東西。」

咚咚托著下巴，請查查再

一次戴上潛水面罩，同時帶著一捆繩索。

「用繩子綁緊那個怪東西，然後扯兩下。」咚咚在繩子末端打了個結。

噗通，查查又消失在水裡。

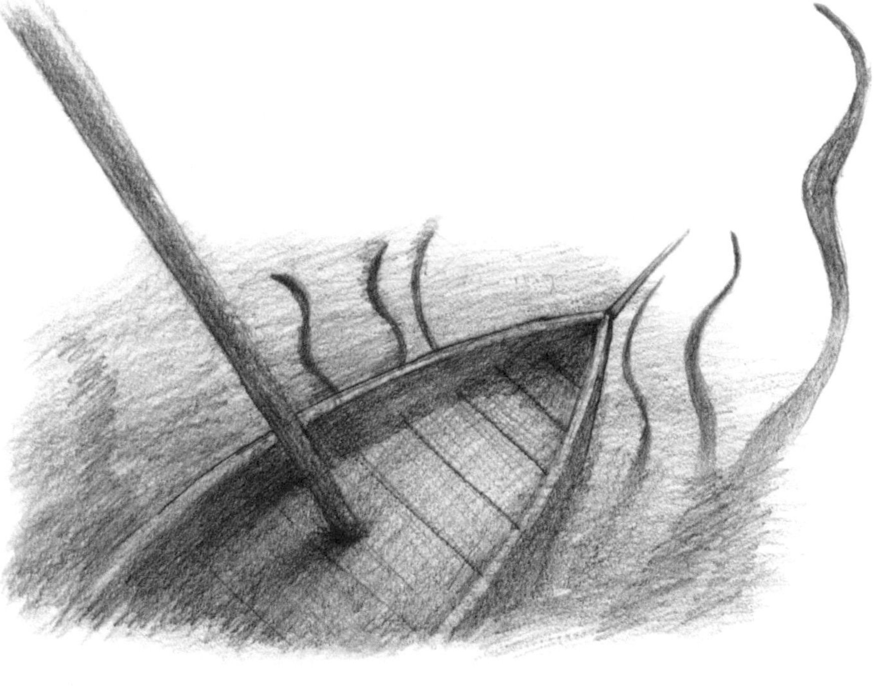

沒一會兒，繩結跳動了兩下。

「用力拉！」

咚咚一聲令下，岸上的大力士咻咻就咬著牙猛拉，最後終於把一艘塑膠玩具船，從湖底拉上岸來。

兄弟們圍繞著它打轉。

「依我看，這是個古代文明的遺跡。」咚咚說。

他跳進小船裡，研究了半天，最後宣布：「真了不起，沒想到古時候就有這麼偉大的發明。這東西可以在水面行走呢。」

爸媽互相看了一眼。

「天上飛的、海底游的，」爸爸喃喃說：「都成真了。」

「再來真的要在水上走了。」媽媽說。

「話是沒錯，不過，需要改造一下。」

咚咚一邊說著，一邊從口袋裡掏出個小玩意兒，戴在鼻子上。

「這是啥？」媽媽指著他鼻子問。

「眼鏡。」

第二天開始，咚咚就展開他的新研究，他在岸邊裝設了一套複雜的鍋爐，每天燒著油，弄得黑煙滾滾、霧氣騰騰。

咚咚發號司令，其他孩子個個忙得要命。

「噗噗，種子油不夠！」

「通通，快過來搧火！」

「查查，這鍋廢油去倒掉！」

「可可，這是螺旋槳的設計圖，交給你了！」

「火快熄了！咻咻，快去搬木材！」

咚咚忙得滿頭大汗，看著手腕上的計時器。

「快快快！進度落後了，」他喃喃說：「人手不夠，人手不夠……達達！達達跑哪兒去了？」

6 他們飛走了

「從前從前，有一座湖……」

媽媽坐在房間裡的角落，輕輕哼著，看著細細的光束從窗邊照在木頭地板上，看著光線裡飄浮的灰塵。

「湖水像是我的心……」

爸爸躺在搖椅上，靜靜聽著，偶爾伸出手去，摸摸媽媽灰白的頭髮，和額頭上的皺紋。

「拍打岸邊，沾濕你的鞋尖……」

媽媽的聲音越來越虛弱，幾乎唱不完一首歌。

「不用掀起漩渦，我喜歡平靜……」這是輕輕的男孩聲音。

爸媽回頭，看著達達。

達達坐在門邊，微笑著。

「你不出去和哥哥們一起玩嗎？」媽說。

達達搖搖頭。

外面傳來乒乒砰砰的腳步聲。

「達達，你還在這裡做什麼，我們很缺人手耶！」咚咚闖進來。

「噓。」達達說。

咚咚呆呆站在門邊。

這段日子以來，他和兄弟們每天興高采烈忙著新發明，都沒有注意到，爸媽變了這麼多。

他們沒有注意到爸媽笑容越來越少，越來越不出門。因為每次爸媽多走幾步路，就渾身痠痛。何況湖邊飄著廢氣，湖面漂著浮油。就算來到岸邊坐著，也等不到來聊天的老朋友。湖神再也不來了。一接近岸邊，老烏龜就被濃煙嗆得咳嗽，背上的殼沾滿了油。

咚咚拿下眼鏡，不知所措看著爸媽。

這麼多天來，他現在才發現，爸媽顫抖的手、虛弱的氣息，他沒想到他們已經病得這麼嚴重。

太陽落下後，白色的月光照在爸媽蒼白的臉上。

夜裡，爸媽再也爬不起來了。

孩子們圍繞在床邊，看著爸媽輪流闔上眼睛。

六個兄弟低著頭，都沒看見透明的爸媽，長出仙子似的翅膀，飄上天空。

只有老么抬起頭來。

「達達，」爸爸低頭對他微笑著。「你看，我們不用機器也可以飛喔！」

媽媽則飄浮著，輕輕的把歌唱完：

「幸福在心裡，

不用再追尋。」

達達也笑了，看著他們像仙子一般飛走，覺得好美麗。

7 野蠻人！

爸媽離開以後，孩子們並沒有難過很久。

因為新發明終於大功告成了！

「古代文明的遺跡」搭配咚咚革命性的最新發明——蒸汽動力螺旋槳、方向盤。油箱也加滿了油，小小的塑膠玩具船擦得發亮，停靠在小碼頭旁。

真是帥氣極了。

咚咚介紹過操作守則以後，老二通通忍不住自告奮勇。

「這次該我出風頭了吧！」他帥氣的跳上船，一踩油門，小船就往湖心衝，掀起一股白花花的浪。

「哇！」大家再一次大開眼界。

「哈哈哈！」通通威風的大笑：「等著看吧！我要征服整座湖！」

嘩啦啦……快艇消失在水平面上。

轟隆隆……過了好一會兒，快艇回來了，聲勢比出發時還浩大。

因為整艘船火光熊熊，直冒黑煙。

六兄弟趕緊衝上前去滅火，把不再帥氣的駕駛員救下來。通通咳嗽個不停。

「湖對面……有人……」他被嗆得話都講不清楚。「野蠻人……」

回到屋裡，裹了草藥，他終於才把事情說清楚——

湖的對岸有房子、有人。那些野人騎著白色的長尾怪獸，一看到快艇就把弓箭點燃了，向他發射。

「真可怕……」可可張大眼睛。

「真是不講道理。」咻咻握起他的大拳頭。「看到人就攻擊……」

「真野蠻。」老大噗噗翹著腳。「竟然還騎怪獸呢。」

「他們看到快艇在水上跑，也以為是怪物吧？」咚咚歪著頭說。

「哼！」通通傷得並不重，不過氣得爬不起來。「別說風涼話了，快點發明點什麼，讓我去報仇！」

咚咚戴上眼鏡，繞著屋裡走。發明武器？他可從來沒想過。

「爸媽說過，打架不好。」

「你不報仇，人家還以為你好欺負。」通通指著窗外。「你看你辛苦發明的船，變成什麼樣子。」

咚咚呆呆看著窗外。快艇冒著黑煙，湖面漂著黑油。

「怎麼會這樣……」咚咚喃喃說。「爸媽說過，這座湖是我們的家園。」

「沒錯沒錯，等他們騎著怪獸攻過來，」通通坐起身來。

「我們的家園就都完了。」

「而且，說不定他們那邊有很多種子。」老大說。

這倒是，附近的種子都被他們六兄弟用來榨油了，食物快要告罄。

「這座湖是我們的，別讓那些怪獸把種子吃光。」

老大摸著下巴。「先下手為強。我可不怕怪獸。」

「我也不怕。」通通跳下床來，搭著老大肩膀，看著老三。

「查查，你怎麼說？」

查查面無表情的看著窗外。「怕什麼？」

砰。大塊頭老六一拳搥在門板上。

「打他們個落花流水。」他說。

四個兄弟，站在一起。

「為了兄弟們，」通通歪著頭問咚咚。「你不想想辦法嗎？」

咚咚嘆了口氣，可可跟著他走出門去。

「走吧，我們又有得忙了。」

湖岸邊的工廠，又開始敲敲打打。

連續好幾天，黑煙混合著灰塵，六個兄弟灰頭土臉的搬柴煉油，在咚咚的指揮下埋頭工作。

「達達，你真的不來幫我們？」他們向著湖面喊。

老七達達，躺在湖中又白又光滑的大石頭上，笑著揮手。

「沒用的傢伙。」

六個兄弟埋怨著，一邊嗨喲嗨喲合力拉動纜繩，把建造完成的戰船拉到湖邊，推下水。

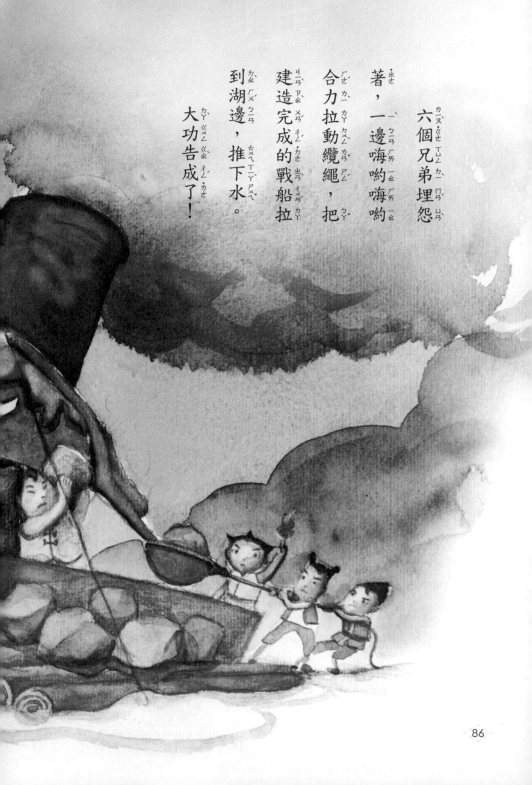

大功告成了！

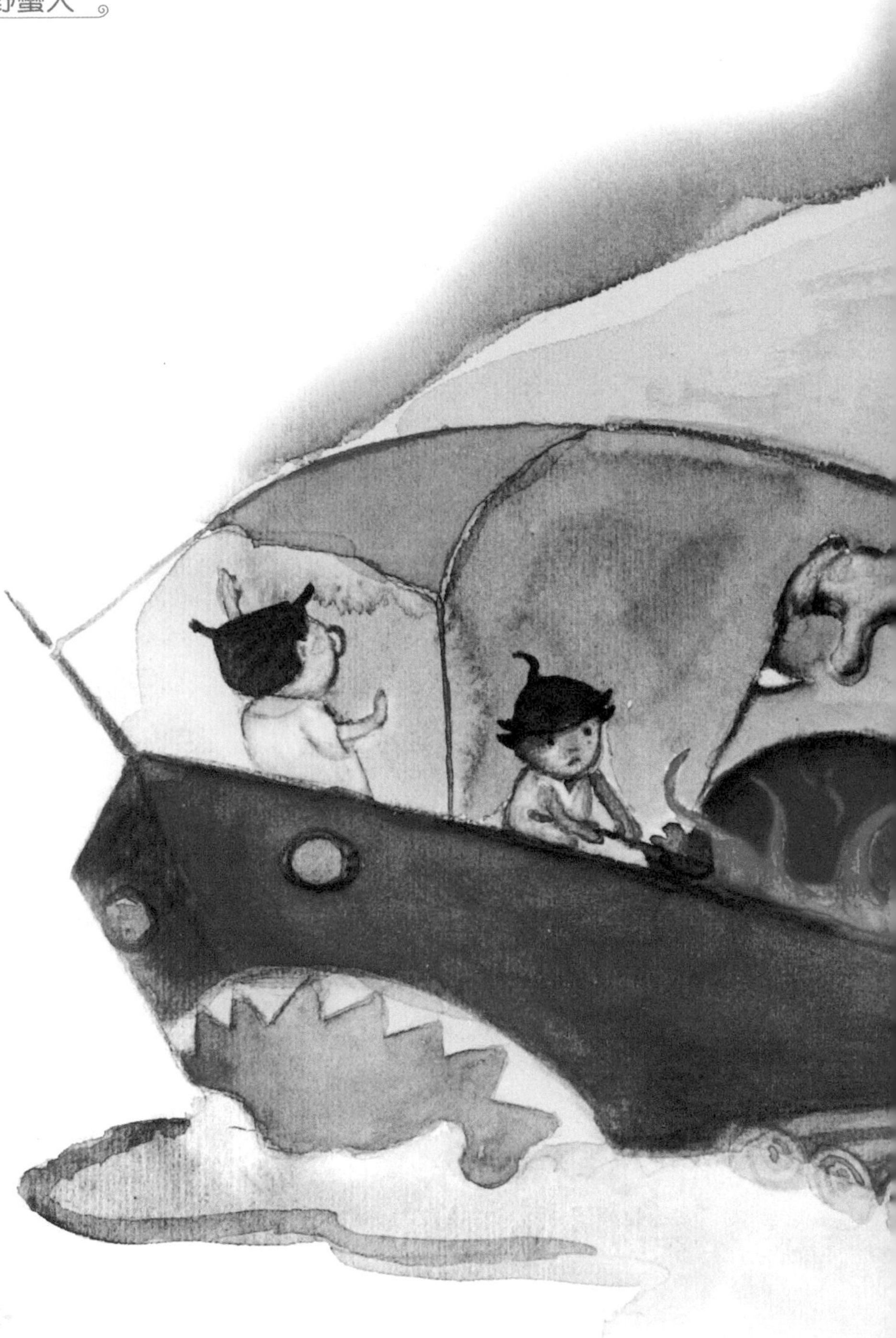

太陽下山以前，以塑膠玩具船加上木筏改造成的戰艦，載著石塊和熱油，配備最新發明的投石器，已經在湖上待命。

「我的戰術是這樣的，」咚咚和大家召開會議：「大哥駕駛『蒲公英一號』，從空中灑油，其他人就點燃竹筏上浸過油的石頭，用投石器發射，這樣敵人的房子就會變成一片火海，一定可以把他們嚇得落荒而逃。」

「好哇好哇！」通通興奮極了。

「不過，這麼重的戰船，要怎麼讓它在水上跑？這可難倒我了。」

通通卻神祕的笑著說：「這時候，就要拜託神明了。」

那天夜裡，趁著湖神睡熟，幾個兄弟輕手輕腳爬上龜殼，用一條大草繩套住湖神的脖子。

「湖神爺爺，對不起了。」

他們半脅迫、半央求著牠說：

「只要您幫忙，打完仗我們

就會幫您解開的。」

8 愛是什麼？

清晨的湖面上，冰冷的涼風中，他們出發了。

「蒲公英一號」緩緩升空。

湖神脖子上繫著纜繩，拖著戰船，其他五個兄弟跳上船去。

老么達達坐在岸邊，向他們揮手。

「你真的不來嗎？」咚咚喊。

「我不喜歡打架。」達達搖頭。

「膽小鬼。」老二笑說：「你好好看家吧。」

「再見了！哥哥們！」

哥哥們消失在水平面上以後，達達游到白色鵝卵石上，看著遠方。

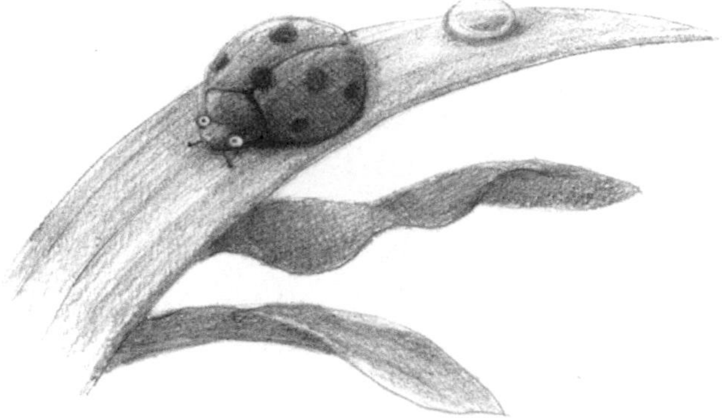

天好藍。

就像他剛出生時，看到的第一眼一樣。

他是在湖邊出生的，一張眼，他就看到一大片天空，但是身體卻浸在冰冰涼涼的湖水裡，從此以後，他都覺得天空是冰的。

小時候，游泳游累了，只要躺著看天空，心就會涼下來。

光。

當七個兄弟，全部躺在白色大石頭上的時候，是最寧靜的時光。

「湖水像是我的心……」

那時候，媽媽會圍繞著白色大石頭游泳，唱著，游著，一個一個去看七兄弟小小的臉孔。那時候，連咚咚的臉都是小小的。

太陽是暖暖的。

「一波一波……送出愛……」

「愛是什麼？」達達睜開一隻眼睛問。

「你還沒睡著呀？」

「愛是什麼？」

「像太陽。」媽媽貼著他的臉說，他就感覺到愛了。

其他六個兄弟揉著眼睛醒過來。

他們伸懶腰，跳呀笑的，然後噗通噗通，一個個跳進水裡，在透明清澈的水裡翻滾，像一群光溜溜的海豚。

黃昏的時候，他們又在湖邊坐成一排大笑，吃著香噴噴的烤種子。

而橘子色的太陽，繼續溫柔的照在七個孩子的肩膀上。

一波一波送出愛……

從此以後，愛的感覺一直沒有離開達達。

達達的頭腦沒有咚咚那麼好。他懂的事很少。他沒什麼力氣，個子也不大，手也不靈巧。

從小到大，他只是微笑的坐在一旁，看著大家，像太陽靜靜發光。

現在，達達抱著膝蓋，坐在白色大鵝卵石上，看著遠方，湖的對岸。

哥哥們，回來吧。

不久，遠方的天空有了動靜。

先是天邊出現了火光，閃爍得像煙火一般。

接著，從水平面上，漂來一大片浮油。

過了很久以後，他終於又看見哥哥們。

哥哥們終於回來了。

達達抬起頭看著他們。

「達達，對不起，留下你一個人。」老大說。

「唉。」老二低著頭。

「再見了。」老三說。

「真可惜，我還有許多東西想發明。」老四說。

「我們要去找爸爸媽媽了。」老五說。

「你真的不來嗎？」老六喊。

天邊，透明的六兄弟飄在空中，拍著透明翅膀，慢慢消失了。

達達流著淚，捲曲著身子，把頭埋進臂彎裡。

不知過了多久，一滴好大的、鹹鹹的淚珠，滴在他臉上，他抬起頭來，看到了湖神。

「對不起，」湖神爺爺沙啞著說：「我拚命想要保護他們，但是……那些騎著蜥蜴的敵人，實在太凶猛了……船翻了，蒲公英號被火箭射中……六個人都失去蹤影，我想，他們會游回來的，你有沒有看到他們？」

達達點點頭。「嗯，他們已經離開了。」

「離開了？」湖神說：「對岸的敵人也都逃走了，房子都燒光了，在千鈞一髮的時候，我把這個孩子救了出來。」

一個小女孩，怯生生的從湖神背上站起來。她有著紅通通的臉蛋兒，衣服上有著美麗的花邊，看起來一點都不像野蠻人嘛。

低頭一看，她的鞋子有著尖尖的鞋尖，跟達達穿的一樣。

那是祖先傳下來的衣服……

達達牽著她，從龜殼上走下來。

「別怕，你看，我們穿得一模一樣呢。」

達達說：「我會保護你的。」

女孩看起來嚇壞了。

「房子著火了，草燒光了，湖上面都是油……」

「我們一定會找到一座更漂亮的湖。」達達抹掉淚水說。

9 再見了，我的家

第二天的清晨，達達來向湖神告別。

「再見，湖神爺爺。」他們恭敬的對湖神拜了拜。

然後，男孩牽著女孩離開湖邊。

「再見了，我的家。」他回頭看了湖邊小屋一眼。

這是他出生的地方，這裡有涼涼的風，這裡有香香的青草

味，這裡有蒲公英從天空飄過，這裡曾經有清澈的湖水……

「我永遠不會忘記這裡的。」男孩說。

然後他們就撥開草叢，走進草原裡。

「唉唷。」草尖刮傷了女孩紅通通的臉頰，畫出一條好看的小血絲。

「沒事吧？」

「沒事。」

很快的，他們就消失在草原裡了。

又不知過了多久，院子門「砰」的一聲打開，男孩達達衝進來。

「小烏龜，你在哪裡？」他一邊嚷嚷，一邊到處找。

爸爸跟在後面，看到水龍頭，就大叫起來：

「哎呀！你這傢伙，竟然就讓水在這裡流了這麼多天！」爸爸氣得要命，衝過去把水龍頭拴緊。

「院子裡有個小水潭挺美的。」媽媽站在院子口笑著說。

「浪費浪費浪費真浪費……」爸爸拎著男孩的耳朵，往門口走。

「啊，在這裡！」男孩轉身逃回水潭邊，把烏龜從水潭裡撈起來。

「奇怪，紅線怎麼變成草繩了？」

「快點快點，我上班要來不及了。」爸爸一直看手錶。

「好啦。」男孩把細草繩解開，拎著烏龜跟著爸媽走出院子。

砰，院子門關上了。

安靜的院子裡，只剩下清晨的陽光，在水面搖晃。

後記

清澈的小水池

◎哲也

每個人都迷過小水池。

下過雨的馬路邊、操場邊的積水、山路上的水窪、後院的小水潭……

它們靜靜的，所以很透明，細沙子、小石頭都在水底靜靜躺著。

匆匆走過的人，只是一瞥，也有短短一下子的沉靜感受。

然後，那位路過的人，就繼續過他的生活，他有他的家，他的朋友，工作很忙，要擔心的事很多，所以，他會覺得自己的生活故事是最重要的。

其實那靜靜不動的小水潭裡，也有它的故事。

宇宙中的每個角落，應該都是一樣重要的。

佛經裡面說：一粒灰塵當中，有多得不得了的世界在裡面，就像世界上所有的灰塵那麼多。

那麼，一個小水潭裡面，會有什麼？

很可能，我們的整個宇宙，我們的星河，就在一滴水的深處，正由葉片尖端往一個清澈的小水池滴落。

這時候有個人路過，看了一眼，覺得心裡好沉靜。

「好美的水滴，好清澈的小水池。」他想：「不行，我得走快點，快遲到了。」

就這樣，無數的工作、歡笑與悲傷以後，他匆匆忙忙過完一生，卻不曉得，他居住的宇宙，就在另一個清澈的小水池深處。

真神祕。水池就有這種魅力。

林良先生在散文集《在月光下織錦》的第一篇「水」裡面，他說：霧犧牲透明，才造成神祕。空氣犧牲神祕，才造成透明。只有水，它神祕，透明；透明，神祕……一切東西只有在水裡，才會變成童話。

謝謝聲音像紅通通臉蛋兒一樣好聽的妻子，支持著我寫完這篇童話，是她先說好看，我才寫得下去的。謝謝你。

企劃緣起

讓孩子輕巧跨越閱讀障礙

◎親子天下執行長　何琦瑜

在臺灣，推動兒童閱讀的歷程中，一直少了一塊介於「圖畫書」與「文字書」之間的「橋梁書」，讓孩子能輕巧的跨越閱讀文字的障礙，循序漸進的「學會閱讀」。這使得台灣兒童的閱讀，呈現兩極化的現象：低年級閱讀圖畫書之後，中年級就形成斷層，沒有好好銜接的後果是，閱讀能力好的孩子，早早跨越了障礙，進入「富者越富」的良性循環；相對的，閱讀能力銜接不上的孩子，便開始放棄閱讀，轉而沉迷電腦、電視、漫畫，形成「貧者越貧」的惡性循環。

國小低年級階段，當孩子開始練習「自己讀」時，特別需要考量讀物的文字數量、字彙難度，同時需要大量插圖輔助，幫助孩子理解上下文意。如果以圖文比例的改變來解釋，孩子在啟蒙閱讀的階段，讀物的選擇要從「圖圖文」，到「圖文文」，再到「文文文」。在閱讀風氣成熟的先進國家，這段特別經過設計，幫助孩子進階閱讀、跨越障礙的「橋梁書」，一直是不可或缺的兒童讀物類型。

橋梁書的主題，多半從貼近孩子生活的幽默故事、學校或家庭生活故事出發，再陸續拓展到孩子現實世界之外的想像、奇幻、冒險故事。因為讓孩子願意「自己拿起書」來讀，是閱讀學習成功的第一步。這些看在大人眼裡也許沒有什麼「意義」可言，卻能有效引領孩子進入文字構築的想像世界。

親子天下童書出版，在二〇〇七年正式推出橋梁書【閱讀123】系列，專為剛跨入文字閱讀的小讀者設計，邀請兒文界優秀作繪者共同創作。用字遣詞以該年段應熟悉的兩千五百個單字為主，加以趣味的情節，豐富可愛的插圖，讓孩子有意願開始「獨立閱讀」。從五千字一本的短篇故事開始，孩子很快能感受到自己「讀完一本書」的成就感。本系列結合童書的文學性和進階閱讀的功能性，培養孩子的閱讀興趣、打好學習的基礎。讓父母和老師得以更有系統的引領孩子進入文字桃花源，快樂學閱讀！

推薦文

橋梁書，讓孩子成為獨立閱讀者

◎中央大學學習與教學研究所教授　柯華葳

獨立閱讀是閱讀發展上一個重要的指標。幼兒的起始閱讀需靠成人幫助，更靠圖畫支撐理解。許多幼兒有興趣讀圖畫書，但一翻開文字書，就覺得這不是他的書，將書放在一邊。為幫助幼童不因字多而減少閱讀興趣，傷害發展中的閱讀能力，天下雜誌童書編輯群邀請本地優秀兒童文學作家，為中低年級兒童撰寫文字較多、圖畫較少、篇章較長的故事。這些書被稱為「橋梁書」。顧名思義，橋梁書就是用以引導兒童進入另一階段的書。其實，一本書容不容易被閱讀，有許多條件要配合。其一是書中用字遣詞是否艱深，其次是語句是否複雜。最關鍵的是，書中所傳遞的概念是否為讀者所熟悉。有些繪本即使有圖，其中傳遞抽象的概念，不但幼兒，連成人都可能要花一些時間才能理解。但是寫太熟悉的概念，讀者可能覺得無趣。因此如何在熟悉和不太熟悉的概念間，挑選適當的詞彙，配合句型和文體，加上作者對故事的鋪陳，是一件很具挑戰的工作。

這一系列橋梁書不說深奧的概念，而以接近兒童的經驗，採趣味甚至幽默的童話形式，幫助中低年級兒童由喜歡閱讀，慢慢適應字多、篇章長的書本。當然這一系列書中也有知識性的故事，如《我家有個烏龜園》，作者童嘉以其養烏龜經驗，透過故事，清楚描述烏龜的生活和社會行為。也有相當有寓意的故事，如《真假小珍珠》，透過「訂做像自己的機器人」這樣的寓言，幫助孩子思考要做個怎樣的人。

【閱讀123】是一個有目標的嘗試，未來規劃中還有歷史故事、科普故事等等，且讓我們拭目以待。期許有了橋梁書，每一位兒童都能成為獨力閱讀者，透過閱讀學習新知識。

閱讀123